LES ARISTOCRATES

COMÉDIE EN TROIS ACTES, EN VERS,

PAR

M. L. DUTILH,

ANCIEN DÉPUTÉ, OFFICIER DE LA LÉGION-D'HONNEUR.

PRIX : 1 FR. 50 C.

1859.

LES ARISTOCRATES

médie en trois actes, en vers,

PAR

M. L. DUTILH,

Ancien Député, Officier de la Légion-d'Honneur.

1859

PERSONNAGES.

LE BARON D'ORMON.

MARIE, sa fille.

LE VICOMTE DES FORÉS.

DAIMAR, banquier.

CRESCENDINI, professeur de piano.

LAFLEUR, valet de des Forés.

LISETTE, femme de chambre de Marie.

MAIGROT, huissier.

LES ARISTOCRATES.

ACTE 1ᵉʳ.

Le Théâtre représente une antichambre de l'hôtel d'Ormon.

SCÈNE PREMIÈRE.

LISETTE, LAFLEUR.

LAFLEUR.

Allons, chère Lisette, il faut toujours songer
A faire de nos gages un tout à cumuler,
Pour que, dans peu de temps, cette conduite sage
Nous mène, par la dot, à notre mariage.
Un de nos bons voisins m'assura, l'an passé,
Qu'il te savait déjà quelqu'argent bien placé.
Aussi, de mon côté, sérieusement je compte
Sur ce que m'a promis mon maître le Vicomte.

Ajoutant à cela le cadeau du Baron,
Nous irons vers un chiffre, à coup sûr, un peu rond ;
Car la jeune-Marie est de toi trop contente,
Pour ne point t'obtenir une petite rente.
Monsieur D'Ormon, son père, est d'ailleurs libéral,
Et nous fera chérir le régime dotal.
Pour Monsieur des Forès, le vicomte, mon maître,
Il pourrait épouser ta maîtresse, peut-être.
Qu'en dis-tu ? Un rival avec l'opposition,
Qui se résume net, par l'appoint d'un million,
Profitant largement d'une telle puissance,
Vient de notre succès diminuer la chance.
Ce jeune et beau richard, grand banquier parisien,
Heureusement pour nous se trouve plébéyen,
Alors que le Baron, pour sa fille Marie,
Choisira son époux dans l'aristocratie :
Tel est mon grand calcul des probabilités.
Maintenant, bien des gens se trouvent déroutés,
De voir Monsieur Daimar et Monsieur le Vicomte,
De leur rivalité ne tenir aucun compte :
Ils paraissent, du moins, passablement amis,
Lorsque tant d'autres qu'eux se seraient désunis.
Mais si j'ai bien compris leur manière de vivre,
Au bon sens du banquier est dû cet équilibre.
Après tout, quel que soit le fortuné vainqueur,
Lisette aura sa part, ou ce sera Lafleur.
Mais toi, comment vois-tu ce jeu de qui perd gagne ?

LISETTE.

Que tu fais à ravir des châteaux en Espagne.
Pour moi, sur mon travail j'ai seulement compté,
En suspectant d'autrui la libéralité.
Pour cela je n'ai point banni toute espérance,
Mais avec l'imprévu je compte avec prudence.

LAFLEUR.

J'admire tout en toi, ton esprit, ta raison,
Et tu feras marcher fort bien notre maison.

LISETTE.

Tu le crois?

LAFLEUR.

Fermement.

LISETTE.

Seule dans cet ouvrage,
Je ne sauverais point le vaisseau du naufrage,
Si tes efforts aux miens ne venaient s'ajouter.

LAFLEUR.

Oh! Lisette, sur moi tu peux toujours compter.

LISETTE.

Oui, ces promesses-là défrayent d'ordinaire
Tous les premiers débuts de cette grande affaire.
Pourtant je te sais bon, mais léger, inconstant,
Enclin à dépasser les mœurs du bon enfant.

Il a même été dit une chose hardie,
C'est, qu'au café, souvent tu tenais la partie,
Où de maîtres frippons parfaitement connus,
Riaient à tes dépens en gagnant tes écus.

LAFLEUR.

Lisette, c'est trop fort. Ce fait je le dénie :
On n'inventa jamais pareille calomnie !
Confronte-moi de grâce avec cet imposteur
Qui devant toi vomit une telle noirceur.

LISETTE.

La prudence défend d'en agir de la sorte,
Mais, ne l'ayant pas crû, je le mis à la porte.

LAFLEUR.

En m'apprenant cela que tu m'as fait de bien !

LISETTE.

Je traitai sans façon ce dire d'un vaurien.
Plus tard, s'il arrivait, qu'étant trop confiante,
Cette imputation se montrât triomphante,
Ah ! certes, dans ce cas, je le dis hautement,
L'oubli le plus complet serait ton châtiment.

SCÈNE II.

LISETTE, LAFLEUR, MAIGROT.

LISETTE.

Quel est cet animal qui vers nous se dirige ?

Son aspect sépulcral me donne le vertige.
Ah ! quel accoutrement ! comme le voilà fait !
Je n'eûs point deviné qu'on pût être aussi laid !
Il nous faut présumer que masqué de la sorte,
C'est quelque croque-mort qui s'est trompé de porte.

LAFLEUR (à part).

Plût au ciel ! mais je sais qu'il ne fait point erreur.

LISETTE.

Enfin, Monsieur, parlez, car vous me faites peur.

MAIGROT.

Veuillez vous rassurer. D'un ministère grave,
Je remplis les devoirs en impassible esclave.

LISETTE.

C'est très majestueux, mais je n'y comprends rien.

MAIGROT.

Malgré moi j'ai rompu votre doux entretien.
Que ce Monsieur consente à se faire connaître,
A l'instant de ces lieux on me voit disparaître.
Allons, Monsieur, parlez, qu'on sache votre nom,
Alors, je le redis, je quitte la maison.

LISETTE.

Je ne m'explique pas cet obstiné silence.

MAIGROT.

J'ai lieu de m'étonner d'une telle insistance.

LISETTE.

Contente ce Monsieur, ou bien je vais parler.
Il est vraiment curieux qu'on n'ose se nommer.

MAIGROT à LAFLEUR.

Mais pour Mademoiselle un peu de complaisance;
De grâce expliquez-vous.

LISETTE.

Je perds la patience ;
Eh bien ! oui, c'est Lafleur !

MAIGROT.

Lafleur que je vois là ?
Puisqu'il en est ainsi, j'écris mon parlant à.

(Il écrit.)

LAFLEUR (à part.)

Adjugé.

LISETTE.

Quel est donc ce singulier mystère ?

MAIGROT.

Monsieur pourra vous mettre au courant de l'affaire.
Maintenant, en ses mains, je remets ce papier,

(à part).

Et vais faire la chasse à ce même gibier,

(haut).

De mon bonsoir souhaité, Dieu vous fasse la grâce.

LAFLEUR (à part).

Au plaisir, vieux corbeau, de ne plus voir ta face.

LISETTE.

Je suis votre servante, et dis, en vérité,
Que nul ne piqua mieux ma curiosité.

SCÈNE III.

LISETTE, LAFLEUR.

LISETTE.

Il te faut cependant m'expliquer ce mystère.

LAFLEUR.

Rien de plus innocent, rien de plus ordinaire.

LISETTE.

Tant mieux ; mais ce papier, en tes mains déposé,
Pour le lire tout haut te sens-tu disposé ?

LAFLEUR.

Comprends que ce chiffon qui tourmente ton âme,
N'est, en réalité, qu'une obscure réclame,
Dont les industriels chargent quelque manant,
De déposer partout pour tant soit peu d'argent.

Très bien : puisque cela ne tire à conséquence,
Consens donc, qu'à mon tour, j'en prenne connais-
(sance.

LAFLEUR.

Mon affirmation te devrait contenter.

LISETTE.

Oui, si le gros bon sens tu savais respecter.

LAFLEUR.

Ah ! que ton insistance est une chose dure !

LISETTE.

Ah ! que ton embarras est une chose obscure !

LAFLEUR.

Tu ne me fis jamais, en aucune occasion,
Le déplaisir blessant de plus d'humiliation !

LISETTE.

Moi seule suis en droit de me trouver blessée,
Des faux-fuyants puérils dont tu m'as abreuvée.
Tout-à-l'heure, Monsieur ne voulait point parler,
Et maintenant pour lire, on le voit marchander.
C'est à ne rien comprendre à cette comédie :
Donne-moi cet écrit, ou rompons pour la vie.

LAFLEUR.

Tu le veux ?

LISETTE.

Je l'exige, et prétends en finir.

LAFLEUR.

Le voilà donc, méchante, il te faut obéir :
Mais je ne reste point pendant cette lecture.

LISETTE.

A cela je consens.

LAFLEUR.

Que faut-il que j'endure !

SCÈNE IV.

LISETTE.

J'ai le mot de l'énigme écrit sur ce papier.
Lafleur pour le mensonge est du fait coutumier.
Ce spectre en habit noir serait-il le mercure,
Porteur de rendez-vous pour galante aventure ?
S'il en était ainsi, je jure sur l'honneur,
Que Lisette jamais ne serait à Lafleur.
La contradiction fourmille en cette vie.
De lire cet écrit, certes je meurs d'envie,
Lorsque du fond du cœur un noir pressentiment
Me dit que mon parti fut pris légèrement.
Enfin le mal est fait ; va donc pour la lecture
Qui doit être ma bonne ou mauvaise aventure :

« L'an mil huit cent quarante et mardi vingt janvier,
» Je soussigné Maigrot, huissier audiencier,
» Sous le numéro cent pourvu de ma patente,
» Habitant à Paris, rue de la Griffante,
» A requête agissant de Paul-Louis Dulac,
» Son domicile ayant rue de Broussignac,
» Patenté cafetier, constituant en ville,
» L'avoué Déplumar, où s'élit domicile,
» Déclare avoir donné cette assignation,
» Dans délai de huitaine, et sa comparution
» Devant le tribunal, dit de première instance,
» A dix heures, au palais, où se tient l'audience,
» Au sieur Pierre Lafleur, domestique, habitant
» Depuis plus de six mois Paris pareillement.

(Interrompant sa lecture.)

Je vois donc s'éclaircir ce déloyal mystère,
Ayant l'attribution de l'ordre judiciaire.
Nous saurons tout-à-l'heure où l'on veut aboutir ;
Mais Lafleur sait à fond le grand art de mentir.
J'aime à me rappeler avec quelle impudence
Il me disait ces mots, avec une assurance,
Simulant gravement un ton de vérité,
Pour mieux se divertir de ma crédulité.
« Comprends que ce chiffon qui tourmente ton âme,
» N'est en réalité qu'une obscure réclame,
» Dont les industriels chargent quelque manant
» De déposer partout pour tant soit peu d'argent. »
Voilà donc mis à nu son effronté mensonge.

Mais achevons de lire un fatras qui me ronge,
En me donnant la preuve, avec quelle impudeur
Mon galant sait jouer le rôle de menteur.

(Elle lit.)

» Aux fins que l'assigné soit instruit et entende
» En tous ses divers points l'objet de la demande.
» Attendu, sur le fait, que ledit défendeur,
» De mille demi-tasses fut le consommateur ;
» Si ces tasses, café, furent ingurgitées,
» Au requérant jamais, il ne les a payées.
» Attendu, point de droit, que, quiconque acheteur,
» N'ayant payé le prix, en reste débiteur ;
» Par ces divers motifs, la chose consommée,
» A raison de huit sous, en moyenne portée,
» Élève le débet juste à quatre cents francs ;
» Ledit Dulac conclut, selon ses arguments,
» Qu'il plaise au Tribunal condamner l'adversaire
» A payer ledit prix et dépens de l'affaire.
» Nous huissier déclarons que copie d'exploit,
» Parlant audit Lafleur, fut remise de droit ;
» J'ai notifié de plus, en m'adressant encore,
» Parlant au défendeur, aux fins qu'il n'en ignore,
» Avec l'acte actuel de l'assignation,
» Procès-verbal de non conciliation,
» Et la forme d'exploit, en tout devient exacte,
» En portant à dix francs le coût du présent acte. »

Ouf ! ce charabia qui m'était inconnu

De mon adorateur met les vices à nu.
A lire des romans moi qui passe ma vie,
De ce style iroquois je hais la barbarie :
Toutefois il m'apprend que l'ex-chéri Lafleur,
De mille demi-tasses fut le consommateur.
Mais pour de tels maris, nous autres pauvres filles,
Il nous faudrait avoir l'empire des Antilles !
On dit que le divorce est du code effacé ?
Bien, en n'épousant pas, le code est enfoncé.
L'homme que nous aimons, s'en va quand on l'appelle;
C'est l'histoire du chien du sieur Jean de Nivelle.

SCÈNE V.

LISETTE, LAFLEUR.

LAFLEUR.

Oui, j'ai tout entendu. Tu me vois à genoux !
Grâce !

LISETTE.

Non, mon mépris fait taire mon courroux :
Relève-toi ; va-t-en.

LAFLEUR.

Mais daigne au moins comprendre....

LISETTE.

D'un pleutre tel que toi, je ne veux rien entendre.

Prends ce papier timbré, qui m'a fait tant de mal,
Pour régler ton café devant le Tribunal.
Monsieur Lafleur m'offrait pour entrer en ménage,
De huit cents francs, bien dûs, le brillant apanage :
Il admirait en moi, mon esprit, ma raison,
Disant que je ferais bien marcher la maison ;
Avec cet Econome, et moi sa Directrice,
Il eut fallu briguer une place à l'hospice.

LAFLEUR.

Tu m'accables, Lisette, et crois que tout ceci....

LISETTE.

Non, encore une fois : Monsieur, sortez d'ici.

LAFLEUR.

J'obéis. Non, jamais je n'eus la souvenance
D'avoir eu le malheur d'une si pauvre chance.
Le même instant me vaut la mystification
D'un congé régulier, plus l'assignation !
Le temps qui guérit tout, cet habile grand maître,
Dans mon poste perdu pourrait bien me remettre :
Sortons.

LISETTE.

Il le faut bien.

SCÈNE VI.

LISETTE, LE VICOMTE DES FORÈS.

LE VICOMTE DES FORÈS.

Mais, Lisette, comment
D'un visage si gai s'est fait le changement ?
Je suis désespéré de voir la gentillesse.....

LISETTE.

Gardez vos compliments pour ma jeune maîtresse.
S'il arrive à Monsieur quelques tribulations,
Il est sûr d'éviter toutes indiscrétions.

LE VICOMTE.

C'est parler en duchesse. On voit qu'elle est fâchée.
Pour moi, de tes chagrins la cause est ignorée.
Ton secret t'appartient : l'homme de qualité
Au désir féminin n'a jamais résisté.
J'attends ici Daimar, vrai lion de la banque ;
A pas un rendez-vous je ne crains point qu'il manque.
Nous irons voir ton maître.

LISETTE.

Il est dans son salon.

LE VICOMTE.

Il peut compter sur nous, ce ne sera pas long.

LISETTE.

Souffrez que je me rende auprès de ma maîtresse,

Et c'est pour la servir, Monsieur, que je vous laisse.

LE VICOMTE.

Ah ! de t'accompagner que n'ai-je le pouvoir !

LISETTE.

De ma charge, Monsieur, je connais le devoir.

SCÈNE VII.

LE VICOMTE, DAIMAR.

DAIMAR.

Premier au rendez-vous ; c'est parfait, cher Vicomte :
De votre empressement, le Baron tiendra compte.
Aussi du Gentilhomme exécutant la loi ,
En fait de politesse, agissez-vous en roi ;
Comme un autre Bayard, sans peur et sans reproche,
Franchement, tout en vous trahit la vieille roche.
Que vous devez souffrir, dans nos salons si vains,
De compter par milliers tant de faux parchemins !

LE VICOMTE.

Daimar, vous dites vrai. La masse constatée
De ces usurpateurs formerait une armée.
Un de mes bons amis paria mille francs ,
Que, dans tous nos salons, les plus ou moins brillants,
Sur les noms si divers qu'un valet articule,
On n'en verrait pas trois, vierges de particule.

Il gagna le pari : cette scène de mœurs
D'un succulent dîner nous valut les douceurs.
De ces abus honteux tout le monde se lasse,
Et nous aimons la loi sur ce genre de chasse.

DAIMAR.

Vous devez, en effet, voir sympathiquement
Tout ce que la noblesse évite de blessant.

LE VICOMTE

Rien de plus naturel. Mais bientôt il faut joindre
Celui, dont vous ou moi, va devenir le gendre.

DAIMAR.

C'est un point arrêté. La visite au Baron?

LE VICOMTE.

Il nous aime, ma foi, cet excellent D'Ormon.

DAIMAR.

Vous qui l'avez séduit par le droit de naissance;
Êtes à peu près sûr d'avoir sa préférence.

LE VICOMTE.

Mais celle de Marie?

DAIMAR.

                    Elle a la volonté
De l'acte que son père a d'avance dicté.
Vicomte des Forès placé dans la balance,
Et Daimar roturier?... je n'ai pas une chance!...

LE VICOMTE.

Fort bien de ce côté. Mais votre gros million
Pourrait bien opérer une compensation ;
Car de tout temps , mon cher, une très forte somme
Vint balancer l'état d'un parfait gentilhomme.
Voilà de ces horreurs qu'il nous faut supporter,
Et c'est du livre d'or à se faire rayer !
A côté de ces noms grandis par la richesse,
On voit des gueux hardis usurper la noblesse,
Et pour se distinguer, il faudrait simplement,
Se contenter du nom acquis légalement.
Mes quinze mille francs en rentes au grand livre,
Donnent, pour un garçon, tout juste de quoi vivre.
De trois cents mille francs, on dit que le Baron ,
En capital de dot ferait le chiffre rond.
Cet avoir, à coup sûr, suffirait en province,
Mais pour Paris, ma foi, l'avancement est mince.
Je dis donc que, pour moi, mais fort secrètement,
Marie sans noblesse aurait trop peu d'argent.

DAIMAR.

Je ne reconnais plus votre galanterie.
Sans noblesse et sans dot, j'épouserais Marie.

LE VICOMTE.

Ah ! si, comme Daimar, j'avais de l'or pour deux ,
Marie sans noblesse aurait encor beau jeu.
Mais je maudis déjà l'hypothèse gratuite,
Tombée entre nous deux d'une façon fortuite.
Nous offrons vous et moi le tableau surprenant

De deux jeunes rivaux unis parfaitement.
Pour la première fois on vit la jalousie
Reconnaître les droits de la philosophie.

DAIMAR.

Quand on est comme vous entrain de réussir,
Le rôle de bon prince est facile à remplir.

LE VICOMTE.

Mais, encore une fois, vous êtes millionnaire.

DAIMAR.

Le titre de Vicomte enlèvera l'affaire.

LE VICOMTE.

C'est presqu'un bruit public. Je vois venir ici
Le musicien du lieu, Signor Crescendini :
Il ne supporte point la plus mince critique ;
Et pour m'en divertir je joue le caustique.

SCÈNE VIII.

LE VICOMTE, DAIMAR, CRESCENDINI.

CRESCENDINI.

Messieurs, je vous salue.

LE VICOMTE.

Ah ! bon jour, maestro ;
Vous venez pour donner leçon de piano ?

CRESCENDINI.

Je n'ai point d'autre état.

DAIMAR.

Il est fort estimable.

LE VICOMTE.

Après quoi chez D'Ormon, nous nous mettrons à table.

CRESCENDINI.

Tout comme vous, Messieurs, je me trouve invité.

DAIMAR.

C'est un bonheur de plus aux autres ajouté.

CRESCENDINI.

Si Monsieur n'était pas si bon violoniste,
Je serais enchanté d'en faire un pianiste.

LE VICOMTE.

Pour lui le piano? Ah! le pauvre instrument!
Quant à moi, je ne sais rien de plus assommant.
On en trouve partout. C'est une épidémie
En conspiration contre la mélodie.
La fille du portier, du commis, du gougeat,
La robe, la noblesse avec le tiers état,
Tout le monde a subi l'instinct diabolique
De créer gauchement l'ère charivarique.

CRESCENDINI.

Continuez, Monsieur; tout cela est charmant.

DAIMAR.

Vicomte des Forès, vous plaisantez, vraiment.

LE VICOMTE.

Non, parole d'honneur. Ce tyran est immense ;
Je rêve contre lui société d'assurance,
Car depuis le Marais, la Chaussée d'Antin,
Nos divers boulevards, le faubourg Saint-Germain ;
Que vous quittiez Paris pour gagner la campagne,
Les bords de l'Océan, la forêt, la montagne,
N'importe où vous alliez, le piano, partout,
Inévitablement vous poursuit jusqu'au bout !

DAIMAR.

On peut vous opposer l'adage sans réplique :
« Cet homme assurément n'aime pas la musique. »

LE VICOMTE.

Daimar, c'est une erreur. Mais qu'il soit constaté
Que je laisse à l'écart la personnalité.

CRESCENDINI.

Si Monsieur le Vicomte, en matière amoureuse,
Ne sait pas mieux cacher son humeur bilieuse,
Je lui prédis tout net, moi pauvre maestro,
Que sur toute la ligne il fera fiasco.

LE VICOMTE.

Ce n'est qu'à l'instrument que mon discours s'adresse,
Mais quant au professeur à l'écart je le laisse.

Cette réserve faite, il me faut compléter
Un examen dont rien ne peut me détourner.
Eh bien ! le piano, vu dans son point de forme,
Offre à l'œil effrayé quelque chose d'énorme,
Et l'on voit, à regret, cet instrument massif
Échapper forcément au genre portatif :
Ce coffre colossal, dévorant tant d'espace,
Au maître de maison laisse à peine une place.
Par la porte souvent il ne saurait passer,
Alors par la fenêtre il le faut emboîter :
A l'achat, à la vente, la masse déplacée,
Du déménagement est la grande corvée.

CRESCENDINI.

Il nous faut espérer qu'un jour, quelque facteur,
Fera de vous, Monsieur, son commis voyageur.

DAIMAR.

Vicomte, convenez que votre philippique
Vient de vous attirer une bonne réplique.
Mais si par votre verve on vous voit entraîné,
Je crois que le Baron, sans nous, aura diné.

LE VICOMTE.

Ne craignez point cela. J'achève en trois minutes ;
Le professeur et moi nous adorons les luttes.
Oui, sur le piano, nous devons constater
Qu'on ne découvre pas le moyen de chanter.
La musique ? après tout c'est de la mélodie,

Dont l'accompagnement s'appelle l'harmonie.
Les notes qu'on prodigue, en grande quantité,
Sont le signe flagrant de la stérilité,
Et cet amas confus qui bondit, qui se mêle,
Produit sur le tympan un effet de la grêle.
Des instruments chantants, souffrez, cher maestro,
De les voir, presque tous, primer le piano :
Je lui sais, pour ma part, si peu de mélodie,
Que je place avant lui l'orgue de Barbarie.

CRESCENDINI.

Très difficilement on descendrait plus bas;
Mais achevez, Monsieur, et ne vous gênez pas.

LE VICOMTE.

Des gens bien informés, mais sous toute réserve,
M'ont dit, secrètement, que le pouvoir conserve,
Un projet préparé d'une expropriation
Envers les pianos, sans aucune exception.
On ajoute, de plus, que la santé publique,
Motive sagement la loi philantropique.
Aux fabricants de meubles l'éveil étant donné,
Pour l'achat ce grand corps s'est enfin fusionné ;
Et l'instrument réduit au pur état de meuble,
De son charivari délivrera le peuple.
Telles sont sur ce point mes généralités.

CRESCENDINI.

Elles affectent trop les personnalités ;
Car Monsieur des Forès a beau faire et beau dire,

Sa critique est toujours une affreuse satyre.
Ce n'est point là le ton d'un homme raffiné,
Fuyant du bel esprit le genre suranné;
Que les gens comme il faut, dont l'âme haute et pure,
Laissent au mal-appris qui cultive l'injure.
Mes critiques, non plus, n'ont rien de personnel.

DAIMAR.

En vérité, Messieurs, ceci sent le cartel.
Que de gens, autrefois, disciples de Saint-George,
Pour moins, auraient tenté de se couper la gorge !
Aujourd'hui, par bonheur, un duel annoncé,
Finit le plus souvent par un bon déjeûné.
Les torts sont partagés. La riposte au Vicomte
De son agression vient balancer le compte.
La paix chez le Baron, j'espère, se fera,
Et pour le piano le toast se portera.
Le Vicomte, entraîné par sa verve hardie,
Traita légèrement l'instrument de Marie.

LE VICOMTE.

Ma foi, vous dites vrai ; je l'avais oublié.
Et vous, cher Maestro, bien que vous m'en vouliez,
Je vous sais trop loyal pour rompre le silence
Sur d'ironiques traits, lancés sans conséquence.
La fille de D'Ormon, malgré tout son esprit,
Pourrait trouver mauvais que j'eusse trop médit.

CRESCENDINI.

Je ne réponds de rien : ainsi, sur ce chapitre,

Il me faut, comme vous, garder mon libre arbitre.
Dès que Monsieur D'Ormon est de vous entiché,
De mon élève alors vous aurez bon marché ;
Mais si j'étais beau-père, ayant justice à rendre,
Jamais Crescendini ne vous aurait pour gendre.

LE VICOMTE.

Vous êtes rancunier ; encore tout furieux
Sachant que la vengeance est un morceau des Dieux.
J'espère que ce soir, la colère passée,
Au dîné du Baron la paix sera signée.
Marie avec Daimar diront les beaux duos
De Mozart, Bethoven et autres maestros :
Votre élève dit bien cette grande musique,
Par vous initiée au beau genre classique.

CRESCENDINI.

Pour vous le piano ? Ah ! le pauvre instrument !
Quant à moi, je ne sais rien de plus assommant.
Le Vicomte lui sait si peu de mélodie,
Qu'il préfère, pour lui, l'orgue de Barbarie :
Alors pour satisfaire un goût si délicat,
J'ai commandé, d'avance, un superbe auvergnat,
Dont le bras vigoureux, tournant la manivelle,
Interprêtera, seul, la musique nouvelle.

DAIMAR.

Par ce discours j'apprends que la paix en projet,
A besoin du dîné pour devenir parfait.

Il est à désirer que la belle Marie
Ignore tout-à-fait cette mutinerie.

SCÈNE IX.

LE VICOMTE, DAIMAR, CRESCENDINI, LISETTE.

LISETTE.

Messieurs, on vous attend dans l'autre appartement.

LE VICOMTE.

C'est le cas de se rendre à l'avertissement.

---

*ERRATA : — Remplacez les deux derniers vers de la page 17
par ceux-ci :*

« SUR CENT NOMS ANNONCÉS, QU'UN VALET ARTICULE,
» ON EN COMPTE, AU PLUS TROIS, VIERGES DE PARTICULE. »

ACTE II.

Le Théâtre représente le sallon de l'hôtel D'Ormon.

SCÈNE PREMIÈRE.

LE BARON D'ORMON.

Ces Messieurs ont rendu mon dîné fort aimable :
Jamais, par ce moyen, on ne vieillit à table ;
Après tout, à mon âge, on le doit avouer,

Il reste un seul plaisir, c'est celui de manger.
Quant aux deux prétendants pour ma fille Marie,
Je vois dans cette option le tourment de ma vie.
Leurs mérites divers se balancent si bien,
Qu'à motiver mon choix je ne comprends plus rien.
Daimar est bon, instruit, d'un charmant caractère,
Et pour tout compléter on le dit millionnaire.
Son amour pour ma fille est l'adoration
Qu'il estime, je crois, bien plus que son million :
Cependant un million est une forte somme ;
Que lui manque-t-il donc?... c'est d'être gentilhomme.
Lorsque dans le grand monde on a toujours vécu,
Le changement de caste est un affront reçu.
C'est pauvre de raison, mon Dieu je le confesse,
Mais sans les préjugés, que serait la noblesse?
Les choses de ce monde ont toutes un côté
Qui fait le désespoir de notre vanité.
Passons à des Forès, à ce brillant Vicomte :
Je dois également lui faire son décompte.
Caractère parfait, de l'esprit, bon enfant ;
Manières élégantes, un ensemble brillant ;
De quinze mille francs, d'une rente au grand livre,
Sachant tirer parti par un bon savoir-vivre ;
Tendre auprès de Marie, et donnant à sa cour
Un faire délicat inspiré par l'amour ;
Heureusement titré, d'humeur douce et légère,
Que lui manque-t-il donc?... c'est d'être millionnaire.
Pour surcroît d'embarras, il arrive, à présent,
Qu'ayant voulu laisser le choix du prétendant

Aux seules volontés d'une fille timide,
Ma chère enfant répond : « que mon père décide. »
Qu'il est cruel pour moi, que Madame D'Ormon
Ne se trouve plus là pour aider ma raison.
Oui, mais cette question, cette sollicitude,
Pour ce soir, seulement, resteront à l'étude ;
Car je veux en finir.

SCÈNE II.

LE BARON, Mlle MARIE, DAIMAR.

LE BARON.

Vous voilà ? mais, ici,
J'attends le cher Vicomte avec Crescendini.
Que sont-ils devenus ?

MARIE.

Ils font une partie
Qui de la voir jouer donne très peu d'envie.
Il s'agit des échecs. Pour moi c'est trop savant.
Sachant mon père seul dans cet appartement,
Monsieur, par politesse, a bien voulu m'y suivre..

DAIMAR (à part).

Par politesse ? oh ! non.

LE BARON.

Ce galant savoir vivre

De mon ami Daimar m'était très bien connu,
Et je l'en remercie. Ici j'étais venu,
Comme un vrai Castillan me livrer à la sieste.
De dormir dans le jour cependant je déteste ;
Mais pour me dégourdir vous me voyez tenté
Au jeu de ces Messieurs de me trouver mêlé.

DAIMAR.

Il est à redouter que vous preniez la peine
D'aller au jeu d'échecs gagner une migraine.

LE BARON.

Vous croyez ?

DAIMAR.

C'est pour vous, Monsieur, que je le crains.

LE BARON.

Peu m'importe, ma foi, car je me sens entrain
De vaincre l'un et l'autre.

MARIE.

Oh ! je le crois, mon père.

DAIMAR.

Monsieur D'Ormon n'est point d'une force ordinaire.

LE BARON.

J'attends donc le vaincu pour m'éloigner d'ici.

DAIMAR.

Il s'avance, je crois : oui, c'est Crescendini.

SCÈNE III.

LES PRÉCÉDENTS, CRESCENDINI.

LE BARON.

Ah ! voilà le battu.

CRESCENDINI.

C'est un fait que j'avoue ;
Étonné plus que moi, mon vainqueur fait la roue.
Quoi qu'il en puisse dire, il est loin d'être fort
Dans l'art si difficile où brilla Philidor.

LE BARON.

Peu m'importe, je prends le soin de la vengeance.
Un instant je vous quitte, et vais rompre une lance
Avec ce fier Vicomte.

DAIMAR.

Il sera fort aisé,
Par vos combinaisons de le voir écrasé.
Avec mademoiselle on parlera musique.

LE BARON.

C'est fort bien pour vous trois ; le champ est magnifique ;
Jusques à mon retour, vous, grave professeur,
De ces deux jeunes gens êtes nommé tuteur.

DAIMAR.

C'est un rare bonheur qu'avec Mademoiselle,
On puisse partager le sort d'une tutelle.

Sous ce charme enchanteur de la communauté
Je voudrais pour toujours être en minorité.
Le tuteur peut rester parfaitement tranquille,
Il ne pouvait avoir de plus soumis pupille.

CRESCENDINI.

Je suis Artentickoff!

SCÈNE IV.

LES PRÉCÉDENTS, moins le Baron.

DAIMAR.

Celui de l'Opéra
Se montra juste et bon pour Adolphe et Clara.

CRESCENDINI.

Je prétends m'essayer à suivre ce modèle.
Si je prends l'air méchant, et qu'a cette tutelle
Il faut qu'on obéisse, on aura les douceurs
Qu'on ne peut refuser à de certains mineurs.
Mais je dois avouer que si notre Vicomte
Prêt à s'émanciper d'une façon si prompte,
Se fut trouvé soumis à mon autorité,
Il aurait rencontré plus de sévérité.

MARIE.

Me voilà donc aussi soumise à la tutelle.
Si je peux avouer ce qui me plaît en elle,

C'est qu'elle me provient de mon père vivant,
Par un droit concédé, mais repris à l'instant.
Il faut que notre sexe, avec persévérance,
S'habitue aux devoirs pris dans l'obéissance ;
Ce n'est que ce moyen, au bon sens emprunté,
Qui nous vaut, quelquefois, certaine autorité.
Lorsque la protection qui nous est réservée
S'exerce avec douceur, part d'une âme élevée,
Notre faiblesse alors caresse avec bonheur
La généreuse main d'un pareil protecteur.
Oui, de Monsieur D'Ormon tel est le caractère.

DAIMAR.

Nul ne saurait primer les qualités d'un père.
Malgré tout notre amour, on comprend aisément
Que de telles vertus s'égalent rarement.
Savoir les honorer, comme les reconnaître,
N'est-ce pas, cependant, en approcher peut-être ?
Pour moi, j'ai toujours cru que l'amour filial
Était le sûr garant de l'amour conjugal.
J'éprouvai le premier, en fils soumis et tendre ;
Le second me serait très-facile à comprendre.
Mais je dois dire plus, ce dernier sentiment
Se nourrit dans mon cœur du feu le plus ardent.
Lorsque Mademoiselle a de l'obéissance
Défini les devoirs avec tant d'éloquence,
Je me suis contenu pour ne point déclarer
Qu'on n'abaissait jamais ce qu'on savait aimer.

Le véritable amour, aux pieds de son idole,
Admire, s'agenouille, et n'a point d'autre rôle.

CRESCENDINI.

Pendant votre entretien je me suis occupé
A revoir une valse écrite l'an passé.
Pour un tuteur sérieux la chose est fort légère :
On sait qu'Artentirkoff était un faux Cerbère.

DAIMAR.

Votre valse au Vicomte il vous faut dédier.

CRESCENDINI.

Oui, quand les éléphants se mettront à polquer.

MARIE.

Pour Monsieur des Forès vous manquez d'indulgence.

CRESCENDINI.

Je ressens peu de goût pour son impertinence.

MARIE.

Avec nous, les absents ne doivent avoir tort.

CRESCENDINI.

Avec ce sentiment on me trouve d'accord ;
Mais tout en respectant le point philosophique,
J'ai pour lui le penchant , au rebours sympathique :
Mais quittons ce sujet. Votre duo brillant,
Soit dit sans flatterie, a marché carrément.

De l'archet de Monsieur il ruisselait des larmes,
Lorsque le piano prodiguait tous ses charmes.

DAIMAR.

Jamais Mademoiselle, avec plus de bonheur,
Du savant Béthoven, n'atteignit la hauteur.
Mais aussi quand l'élève a joué comme un ange,
L'habile professeur a sa part de louange.

CRESCENDINI.

Ce gracieux compliment est d'autant plus flatteur,
Qu'il a l'autorité d'un parfait connaisseur.

MARIE.

Malgré moi l'on m'oblige à cet aveu sincère,
Que l'accompagnement fut loin d'être ordinaire.

DAIMAR.

Ce mot qui me transporte, et que j'entends ici,
M'eût trouvé bien plus froid, dit par Paganini.

MARIE.

Cette exagération une fois écartée,
On peut encor, Monsieur, se trouver fort flattée
De l'encouragement qui nous fait tant de bien,
Alors qu'il est donné par un grand musicien.
Tout en faisant la part de mon insuffisance,
J'ai pourtant constaté souvent l'expérience
Qu'artistes, amateurs, sont souvent exposés
A l'inconvénient des inégalités.

C'est à n'y rien comprendre ; et souvent l'influence
De l'air, du froid, du chaud, tombant dans la balance,
Déroute et amoindrit le pauvre exécutant,
Obligé de subir cet imprévu piquant.
D'autres causes encore, à coup sûr plus obscures,
Viennent du mécanisme alourdir les allures.
Il est donc fort heureux que tous ces petits riens,
Vous laissent librement employer vos moyens.
Aujourd'hui, par hasard, du beau genre classique,
J'ai dit, un peu moins mal, la savante musique.

CRESCENDINI.

Vous l'avez fort bien dite, et ne vois pas comment
Il se pourrait qu'on eût un autre sentiment.

DAÏMAR.

Voilà de l'évidence. Un goût exquis s'indique
Lorsque Mademoiselle aborde la musique ;
Car on ne pourrait point aussi bien définir
Le sentiment du beau, sans le rendre à ravir.
La musique ? Oh ! mon Dieu, quelle langue admirable !
C'est de tous les accents l'interprête adorable.
La gaîté, la tristesse, un tableau de combat,
Une scène des champs, l'orage et son éclat,
Elle a tout imité. Mais surtout elle excelle
A rendre de l'amour la peinture fidèle.
Vous voyez devant vous celle que vous aimez ;
Daigne-t-elle sourire ? Oh ! non, vous vous trompez :
Alors, en suppliant, vous vous traînez vers elle,

Pour tâcher d'attendrir cette beauté rebelle ;
Enfin vous dites : grâce ! et tombez......

CRESCENDINI.

C'est aux miens

Et non aux pieds d'un autre. On doit subir les liens
Créés par la prudence, en tout si généreuse,
Qui s'apelle au palais : tutelle officieuse.
Certes, Monsieur Daimar ne saurait ignorer,
Combien, de mon côté, je le sais respecter.
Ce léger incident est une pécadille,
Où, d'un Artentirkoff, surtout la vertu brille.
J'espère que, Monsieur, n'est point à concevoir,
Qu'en brisant son discours, j'ai rempli mon devoir.

DAIMAR.

Du grave professeur je connais l'indulgence,
Et, de son droit, j'admets toute l'omnipotence.

MARIE.

Monsieur Crescendini s'est à coup sûr trompé.

DAIMAR.

Oh ! non, Mademoiselle.

CRESCENDINI (à part.)

Il m'aurait échappé.

(haut.)

Si Monsieur des Forès, sous mon grand ministère,
Avait pu s'écarter, j'eusse été plus sévère,

Cet homme n'est qu'un fat. Mais je l'entends, je crois :

(à part.)

Je ferai mon devoir beaucoup mieux cette fois.

SCÈNE V.

LES PRÉCEDENTS, LE VICOMTE.

LE VICOMTE.

J'ai battu le Baron. Il m'a chargé de dire
A notre ami Daimar, que désirant s'instruire
Touchant la position de certain débiteur,
Son avis sur ce point serait un vrai bonheur.

DAIMAR.

(à part)

A l'instant, j'obéis.   C'est une confidence,
Laquelle, en ce moment, a peu ma convenance.

SCÈNE VI.

LES PRÉCÈDENTS, moins Daimar.

LE VICOMTE.

Le désir du Baron, une fois satisfait,
Je dois, Mademoiselle, exprimer le regret
D'avoir, pour ce motif, accepté l'apparence

Du respect supprimé l'affreuse inconvenance.
Je répare mes torts, et daignez recevoir
L'hommage retardé auquel j'ai dû surseoir.

MARIE.

Ici, Monsieur, j'ai vu l'embarras véritable
Qui vous rend à mes yeux tout-à-fait excusable.

LE VICOMTE.
(à part).   (haut).

Elle m'aime, je crois. Je suis vraiment heureux
De la gracieuseté de cet aimable aveu.
Il faut, Mademoiselle, auss que je m'incline
Devant le beau succès de musique divine,
Dont sur le piano, par un style enchanteur,
Vous sûtes maîtriser l'âme de l'auditeur.

MARIE.

Je croyais que Monsieur n'aimait point la musique.

LE VICOMTE.

Au contraire, elle m'est tout-à-fait sympathique.

MARIE.

Et quant au piano, jugé comme instrument,
Comment le trouvez-vous?

LE VICOMTE (hésitant).

Adorable, charmant.

CRESCENDINI.

Ah ! c'est ma foi trop fort. Eh bien, Mademoiselle,

Impartialement, comment jugerait-elle,
L'homme parlant ainsi ? « Le piano vraiment?
» Je ne sais, pour ma part, rien de plus assommant;
» On en trouve partout. C'est une épidémie
» En conspiration contre la mélodie ;
» Car depuis le Marais, la Chaussée-d'Antin ,
» Nos divers boulevards, le faubourg Saint-Germain;
» Que vous quittiez Paris pour gagner la campagne,
» Les bords de l'Océan, la forêt, la montagne,
» N'importe où vous alliez, le piano, partout,
» Inévitablement vous poursuit jusqu'au bout. »

MARIE.

Mais ce sont des horreurs !

CRESCENDINI.

Oui.

LE VICOMTE (à part).

(haut)   L'on n'est pas plus traitre.
Ces choses se disent pour plaisanter peut-être?
Le piano grandit, c'est une perfection,
Lorsque Mademoiselle y mêle sa diction.
Après ce phénomène, une autre poésie
Nous apparaît bientôt : le Dieu de l'harmonie,
Trop heureux de se voir si bien interprêté,
Fait celle que je vois reine de la beauté!

MARIE.

C'est fort galant, Monsieur: merci; mais pour l'olympe,

Elle est trop haut placée afin que, moi, j'y grimpe.
Il se peut même aussi que votre compliment,
Malgré vous, s'est gonflé jusqu'au débordement.

LE VICOMTE.

Oh ! non, Mademoiselle, il est même impossible
De s'écarter du vrai lorsqu'on est né sensible.

MARIE.

Monsieur se pique donc de sensibilité?

LE VICOMTE.

Jusques à la passion !

CRESCENDINI.

Qui s'en serait douté !

LE VICOMTE.

(à part).   (haut).
Ah ! maudit pianiste !   Oui, foi de gentilhomme,
Les beautés de Paris . . . . .

CRESCENDINI.

Bien, et celles de Rome?

LE VICOMTE.

Vous m'offensez, Monsieur, et ce genre moqueur
Est toujours châtié par un homme d'honneur.
Vous ne pourriez jamais priver Mademoiselle
De s'entendre, à bon droit, proclamer la plus belle.

CRESCENDINI.

Parbleu, je le crois bien ; car, seule étant ici,
Ce classement forcé vous avez réussi.

LE VICOMTE.

On ne m'a point appris à subir l'ironie ;
Plutôt mourir . . . . .

CRESCENDINI.

Monsieur n'en perdra point la vie.

LE VICOMTE.

Mais c'est pousser à bout ma longanimité.

CRESCENDINI.

Chacun use à son tour de la causticité.

LE VICOMTE.

Elle entraîne parfois des regrets et des larmes.

CRESCENDINI.

Avant le piano j'ai professé les armes.
Vous êtes des Forés ; seriez-vous des ruisseaux,
Des rivières, des monts, des plaines, des coteaux,
Que ces noms agressifs de noblesse improuvée,
Se heurteraient toujours au bout de mon épée.

LE VICOMTE.

Vous le prenez, Monsieur, sur un ton un peu haut.

CRESCENDINI.

Vu votre agression, je le prends comme il faut.

LE VICOMTE.

Croyez que vous donnez beaucoup trop d'importance
A des riens hasardés sans intention d'offense.

MARIE.

Enfin, voilà mon père avec Monsieur Daimar :
Pour moi, votre entretien était un cauchemar.
En vous disant, Messieurs, ici ce que je pense,
C'est que, tout bien compté, les torts sont en balance.
La paix se peut donc faire, en basant le traité
Sur le droit évident de réciprocité.

SCÈNE VII.

LES PRÉCÉDENTS, LE BARON, DAIMAR.

LE BARON.

De monter à cheval, Messieurs, je vous propose ;
L'air, après les échecs, est une bonne chose.
De son côté, ma fille ira se costumer,
Du mien également, je vais me préparer.
Vos chevaux sont déjà dans ma grande écurie ;
Le cher Crescendini sera de la partie.

CRESCENDINI.

Merci, Monsieur D'Ormon. Pour monter jusqu'au bois,
Du parfait équilibre, en transgressant la loi,

Placé sur un cheval, on me verrait de force,
Au mépris du codex, d'aller jusqu'au divorce.

LE BARON.

Vous êtes un poltron.

CRESCENDINI.

Non, mais je suis prudent.
D'ailleurs, vous permettrez qu'en homme prévoyant
Je coure m'informer des on dit, sous réserve,
Affirmant, toutefois, que le pouvoir conserve,
Un projet préparé d'une expropriation
De tous les pianos, sans aucune exception.
On ajoute de plus, que la santé publique
Motive du projet le but philantropique.

LE VICOMTE (à part).

Oh ! monstre !

LE BARON.

En vérité, mon cher Crescendini,
Je ne sais rien comprendre à votre amphigouri.

DAIMAR.

A mon avis non plus, la chose n'est point claire.

CRESCENDINI.

Le Vicomte est chargé d'expliquer ce mystère.
En profond diplomate il a l'habileté
De varier toujours son thême à volonté.

MARIE.

Hélas! pour moi, Messieurs, je crains que la querelle
Ne devienne jamais la paix perpétuelle.

LE BARON.

Je calmerai l'ardeur du bon Crescendini,
Et dans quelques instants je vous rejoins ici.
Chère fille, suis-moi.

CRESCENDINI.

Je quitte la partie.

LE VICOMTE.

Vous l'avez donc perdue?

CRESCENDINI.

Elle n'est point finie.

DAIMAR.

Très bien, cher Maestro,

SCÈNE VIII.

LE VICOMTE, DAIMAR.

LE VICOMTE.

Nous allons à cheval,
Promener les hasards d'un duel conjugal.

DAIMAR.

Votre succès, Monsieur, est tout-à-fait probable.

LE VICOMTE

Votre candidature est, ma foi, redoutable.
Il est vrai, cependant, soit dit sans vanité,
Qu'avec moi toute femme a très peu résisté.
La conquête se fait, en majeure partie,
Beaucoup moins par l'amour que par la flatterie.
Le plus gros compliment, avec aplomb lancé,
Irrésistiblement acquiert son cours forcé.

DAIMAR.

Je crois que de l'encens la dose exagérée
Rebuterait bientôt toute femme sensée.

LE VICOMTE.

C'est une grave erreur.

DAIMAR.

                Je ne le pense point,
Et suis loin d'adopter votre avis sur ce point.
Si je vous comprends bien, vous méprisez la femme.

LE VICOMTE.

Leur vertu contestable affecte trop votre âme.

DAIMAR.

Vous ne croyez donc point à leur honnêteté ?

LE VICOMTE.

J'ai toujours de ce fait complètement douté ;
Tout autre sentiment n'est que pure chimère.

DAIMAR.

Dans la règle posée, où place-t-on sa mère?...

LE VICOMTE (hésitant).

Mais.... dans l'exception.

DAIMAR.

L'absurde était prévu,
Puisque du même droit chaque fils est pourvu.

LE VICOMTE.

Absurde! mais, Daimar, ce mot est une offense.

DAIMAR.

De certains sentiments, je dis ce que j'en pense.
D'un siècle sensuel le progrès trop vanté,
N'est qu'une illusion sans la moralité.
Je ne suis point de ceux dont la langue légère
Outrage, sans pudeur, le sexe de leur mère ;
Qui du vieillard blasé, tristes imitateurs,
Des vices d'un autre âge aspirant les ardeurs,
Disent aussi d'un père, en affectant l'injure,
Qu'il est un embarras donné par la nature.
Enfin, j'estime peu ces gens dont le malheur
Est de ne point avoir les qualités du cœur ;
Désœuvrés, vaniteux, cupides, sans morale,

Inférieurs à l'instinct de l'espèce animale.
Cependant, à côté de ce monde si fat,
La jeunesse occupée est l'orgueil de l'Etat ;
Les prestiges du nom, ressource artificielle,
Ont fini de primer la valeur personnelle.

LE VICOMTE.

Vous voilà donc, Daimar, en rosière posé ?

DAIMAR.

Du sens moral, Monsieur, j'ai constamment usé ;
Et tout en méprisant le faux puritanisme,
Je hais, dans tous les rangs, les mœurs de l'empirisme.
Les dandys de nos jours, parasites blasés,
Par les hommes sérieux se trouvent méprisés.
Du temple de Plutus, occupat-on le faîte,
Qu'au pays, d'un labeur, on doit payer sa dette.

SCÈNE IX.

LES PRÉCÉDENTS, LE BARON.

LE BARON.

Tous nos chevaux sont prêts ; je les ai vus bondir.
Ma fille est à cheval ; il est temps de partir.
Je viens donc, jeunes gens, sonner le bout de selle.
Montons bien vite au bois ; la soirée est fort belle ;
Puis à notre retour, il demeure arrêté,
Que, chez moi, sans façon, on vient prendre le thé.

ACTE III.

Le Théâtre continue à représenter le sallon de l'hôtel D'Ormon.

SCÈNE PREMIÈRE,

CRESCENDINI.

Bien qu'ayant fait à pied ma longue promenade,
J'arrive néanmoins avant la cavalcade.
Ce soir, sans plus tarder, le bon Monsieur D'Ormon,
Va peut-être d'un gendre augmenter sa maison.
Grand Dieu, le mariage ! On ne se doute guère
Qu'il est le Paradis, ou l'Enfer sur la terre.
Ce texte est élastique, et l'homme médisant
Finit par devenir lui-même contractant.
De cette institution, toute personne honnête,
Doit, au moins une fois, payer l'immense dette.
Pour ma part, Dieu merci, bien en règle, je crois,
J'ai rempli ces devoirs, car j'ai dit oui, trois fois :
Avec de tels services, on conviendra, j'espère,
Que j'ai conquis le droit d'être célibataire.

SCÈNE II.

LE PRÉCÉDENT, DAIMAR , MARIE (en costume d'amazone).

DAIMAR.

Bon soir, cher Maestro. Pour vous, l'art du cheval
A dû céder le pas au genre musical.

CRESCENDINI.

Ma foi, Monsieur Daimar, dans cette hippique affaire,
J'ai craint, tout bonnement, d'être jeté par terre.

(S'adressant à Mlle Marie :)

Cet habit d'Amazone est d'un goût à ravir.

DAIMAR.

L'art de Mademoiselle est de tout embellir.

CRESCENDINI.

N'ayant plus à compter avec votre tutelle,
Je peux, avant le thé, bâcler ma clientèle.
De vous je prends congé.

DAIMAR.

Soyez prompt, Maestro.

MARIE.

Mon professeur dira les mouvements presto.

SCÈNE III.

DAIMAR, MARIE.

DAIMAR.

Heureux Crescendini ! nul soin ne le tourmente ;
Ses cachets encaissés, il dort l'âme contente.

MARIE.

Mais vous, Monsieur Daimar, opulent financier,
Quel autre grand bonheur pouvez-vous envier?

DAIMAR.

Celui d'être accepté par la femme adorée,
Qui voudrait à mon sort unir sa destinée.
Ayant passé ma vie au travail incessant,
Qu'on nomme, avec raison, commerce de l'argent,
J'ai donné peu de temps à la forme légère,
Qui résume pourtant le fond de l'art de plaire :
Il serait étonnant que l'homme sérieux,
Ne fut même souvent d'un commerce ennuyeux.
Sauf ce pauvre côté, je réponds, sur ma tête,
De la félicité d'une compagne honnête.
Ses goûts seraient les miens ; toutes mes facultés
Tendraient à contenter ses moindres volontés ;
Exempt de préjugés, libre de toute entrave,
Acceptant jusqu'au rôle où se meut un esclave ;
Amant bien plus qu'époux, ma raison et mon cœur
Confrondraient leurs efforts, pour faire son bonheur.
Pour rendre de l'amour la pensée brûlante,
Notre langue sera constamment impuissante.

MARIE.

Mais, sans vous en douter, c'est le mari parfait,
Dont vous venez, Monsieur, d'esquisser le portrait.
Un si grave sujet n'est point à ma portée ;
Pour n'en point convenir, je serais mal jugée :

Sans rien risquer, pourtant, de trop aventuré,
De nous, je dis qu'un fat n'est jamais admiré.
Il est certains aveux, de nulle conséquence,
Autorisant, peut-être, à dire ce qu'on pense :
Je n'ai, dans tous les cas, la moindre prétention
De deviner l'objet de votre allusion.

DAIMAR.

Vous ne savez donc point la main que j'ambitionne ?

MARIE.

Je ne peux qu'ignorer le nom de la personne.

DAIMAR.

J'éprouve trop d'amour pour le bien exprimer ;
Et serait-ce un malheur de savoir trop aimer ?
Oh ! non, Mademoiselle, il est certains supplices,
Qui désolent le cœur en faisant ses délices.
Comment, vous ignorez mon unique passion ?
Daignez me regarder avec compassion,
Alors le feu si pur qui dévore mon être,
Fera briller le nom que vous devez connaître ;
Mais mon cœur vous l'a dit ! je suis à vos genoux !
Marie, pardonnez !

MARIE.

Monsieur, relevez-vous.
Du penchant de mon cœur je garde le mystère ;
Mon choix sera celui qu'aura dicté mon père.

DAIMAR.

Que je suis malheureux !

SCÈNE IV.

LES PRÉCÉDENTS, CRESCENDINI.

CRESCENDINI.

Le thé n'est point servi,
Et d'arriver à temps vous me voyez ravi.

MARIE.

Je ne puis plus garder ma mise singulière,
Et je cours déposer cet habit d'écuyère.

DAIMAR.

Toutes vos volontés seront pour nous des lois.

SCÈNE V.

DAIMAR, CRESCENDINI.

CRESCENDINI.

Triste, préoccupé, à regret je vous vois.
Quel est donc le chagrin qui tourmente votre âme ?

DAIMAR.

Le plus cuisant de tous.

CRESCENDINI.

Oh! c'est la question femme?

DAIMAR.

Oui. J'ai jusqu'à ce jour complaisamment traité
Ce faquin de Vicomte et sa rivalité :
L'engouement du Baron me le rend redoutable.

CRESCENDINI.

Vous savez que pour moi, cet homme est détestable.

DAIMAR.

A partir de ce jour, ce fat si dédaigné,
Ne sera maintenant plus longtemps épargné.
J'ai déjà payé gros le prix de son histoire,
Et nous saurons bientôt, juste ce qu'on doit croire.
Je sors pour peu d'instants, afin de recevoir
L'héraldique travail qu'on m'a promis ce soir.

SCÈNE VI.

CRESCENDINI, LE VICOMTE.

LE VICOMTE.

En rencontrant Daimar, chose inaccoutumée,
Je viens de remarquer sa mine courroucée :
Pourriez-vous m'expliquer ce subit changement?

CRESCENDINI.

J'explique la musique, avec l'enseignement
Du pauvre piano dont votre esprit caustique
Traita si rudement l'élément artistique :
Je ne sors point de là.

LE VICOMTE.

          Cela vous est permis,
Mais, sans ménagement, vous traitez vos amis.
J'espère encor pourtant que, sur ma vive instance,
Vous voudrez repousser toute intention d'offense.
Personne mieux que moi, Monsieur Crescendini,
Ne sait votre valeur, donc que tout soit fini.
Vous êtes influent auprès de votre élève ;
Parfois, un point douteux, par un seul mot s'achève.
Ainsi, sur votre appui si je pouvais compter,
Vous apprendriez comment je sais récompenser
Le service éminent qu'on aurait pu me rendre,
De l'excellent D'Ormon en me faisant le gendre.

CRESCENDINI.

J'en suis fâché, Monsieur, mais je ne peux remplir
Le rôle singulier qu'il vous plait de m'offrir.
Dans le cas actuel, la mission secrète
Perdrait, par ce côté, son caractère honnête.
Chargé d'enseigner l'art, pur· ment musical,
Je ne serai jamais un courtier conjugal.
D'ailleurs, nous savons tous comment on nomme en
                France,

Le Mercure pourvu d'une semblable Agence.
Ce rôle décrié, manquerais-je de pain,
Rencontrerait chez moi le plus profond dédain.

LE VICOMTE.

Vous n'avez point compris le service honorable....

CRESCENDINI.

N'achevez point, Monsieur, la chose est contestable,
Tout en reconnaissant votre bonne intention
De ne point faire injure à ma réputation :
Mais s'il s'agit d'honneur, tout galant homme pense
Qu'il convient de sauver jusques à l'apparence.

LE VICOMTE.

Evidemment, ceci n'est qu'un mal-entendu.
Presque sûr du Baron, pour moi j'aurais voulu
Que, par votre influence et votre voix amie,
Vous m'eussiez mieux placé dans l'esprit de Marie ;
Oui, j'espérais en vous trouver un protecteur,
Qui m'obtint un bon rang comme compétiteur.

CRESCENDINI.

Ces places-là, Monsieur, s'obtiennent, d'ordinaire,
Par postulent direct, très peu par mandataire.
Vous avez dû déjà, par déclaration,
Avec habileté, tâtonner la passion ;
Qu'avez-vous obtenu ?

LE VICOMTE.

Franchement, pas grand chose,
Voilà de mon chagrin où se trouve la cause.
Toute mon espérance est en Monsieur D'Ormon,
Désireux d'obtenir la noblesse du nom.

CRESCENDINI.

Oui, cette prétention est sans doute estimable :
Elle peut vous valoir un succès présumable,
Si dans l'esprit du père il est bien arrêté,
Que tout doive fléchir devant sa vanité.
Je ne suis rien ici, mais tout haut je proclame,
Les vœux que, pour Daimar, je fais du fond de l'âme.
A l'heure où nous parlons, je sais votre rival
Occupé chez D'Ormon du projet conjugal.

LE VICOMTE.

J'ai du brave Baron l'entière sympathie,
C'est pourquoi je renonce à la contre-partie.
Au culte du veau d'or, constamment étranger,
Il ne consentira jamais à déroger.

CRESCENDINI.

Si d'avoir un million, on m'assurait la chance,
Je m'affecterais peu du cas de dérogeance.
La noblesse qui feint de dédaigner l'argent ;
La roture opulente, à son tour médisant
Du joyau nominal qui l'offusque et la ronge,
Presque, instinctivement, font un double mensonge.

Quant à Monsieur Daimar, j'ai dit très franchement,
Le succès que, pour lui, je désire ardemment.
S'il n'est point gentilhomme, il nous faut reconnaître
Qu'au physique, au moral, il a bien l'air de l'être ;
Mais, tenez pour certain, quand le moment viendra,
Qu'avec Monsieur D'Ormon ce point s'éclaircira.
Je pense que le thé, dans cette circonstance,
Des lenteurs du débat éprouve l'influence ;
Je cours m'en assurer.

SCÈNE VII.

LE VICOMTE, DAIMAR.

LE VICOMTE.

     Allons, mon cher Daimar,
On vient de chez D'Ormon faire son petit quart ?
Tout cela, j'en conviens, est de fort bonne guerre ;
Nous devons, vous et moi, soigner papa beau-père.
Certaines gens par vous me disent distancé.

DAIMAR.

Au premier rang, Monsieur, vous vous savez classé...

LE VICOMTE.

Non, parole d'honneur, car, je vous le confesse,
Je me croirais vaincu, sans ma bonne noblesse.

Dans le monde, mon cher, vous tenez un tel rang,
Qu'avec vous on aborde un sujet de pur sang,
Comme si le hasard des chances de la vie
Eut classé votre nom dans l'aristocratie :
Vous êtes tellement un homme comme il faut,
Que, sur ce point ardu, l'on peut penser tout haut.
Eh bien ! convenons-en, chez l'homme de naissance
Se fait sentir partout cette heureuse influence :
La droiture, l'honneur, un fond d'honnêteté,
Décèlent, malgré lui, l'homme de qualité ;
Jusque dans son physique, on aperçoit la trace
De ce je ne sais quoi qui distingue la race.

DAIMAR.

Dans ce sens absolu, votre façon de voir,
De montrer votre erreur m'impose le devoir.
Mon intérêt n'est point d'amoindrir la noblesse ;
Je n'ai point à compter avec cette faiblesse.
Des antiques hauteurs de grande institution,
Elle a subi le rang de simple distinction :
C'est un bonheur pour tous ; le bien de la patrie
N'est que dans l'unité de notre monarchie.
Croyez que chaque caste a des variétés,
Où le bien et le mal errent de tous côtés.
Chacune a ses crétins, ses héros, ses bélîtres,
Sans égard pour les rangs, la roture ou les titres.
De toute part, Monsieur, l'instinct jaloux, menteur,
Se fit du corps social le calomniateur ;

Ne sortons pas du vrai. Pour moi, de l'imposture
J'aime à stigmatiser l'immorale nature.

LE VICOMTE.

Je ne vous comprends pas : La partialité
Vous inspire, Daimar, cette vivacité.

DAIMAR.

C'est une erreur, Monsieur, l'heure est enfin venue,
Où toute position doit être bien connue.

LE VICOMTE.

Mais quittons cette thèse, elle aigrit votre humeur ;
Rentrons dans le sujet, où, vous ou moi, vainqueur,
Sera l'heureux époux de la belle Marie.
Certes, votre million vous fait belle partie.
Sans être gentilhomme, il faut le répéter,
Cette existence-là vous savez égaler.
Ceux qui n'ont pas le sou, pratiquent l'industrie
D'usurper un hochet dans l'aristocratie.
Après le vol du titre, on les voit aussitôt
Par d'effrontés moyens filouter une dot.

DAIMAR.

Quoi qu'il en soit, Monsieur, achevez votre histoire.

LE VICOMTE.

La mienne, dites-vous?

DAIMAR.

            Je sais ce qu'on doit croire.

LE VICOMTE.

Je ne prends pas pour moi l'obscure allusion,
Et vous dis franchement quelle est ma position.
En respectant vos droits, j'expose, sans jactance,
Nos mérites divers se trouvant en balance.
Pour moi, je suis vicomte, et trois cent mille francs,
Me valent la faveur de me voir sur les rangs.

DAIMAR.

Vous n'avez nullement, faisant bien votre compte,
Ni trois cents mille francs, ni titre de vicomte.

LE VICOMTE.

Daimar, que dites-vous?

DAIMAR.

                    Rien que la vérité.

LE VICOMTE.

Comment prouveriez-vous pareille énormité?

DAIMAR.

Parcourez ce dossier.

LE VICOMTE (après avoir lu bas).

                    Oh! quelle perfidie!
Vous tenez dans vos mains mon honneur et ma vie :
Je ne m'appartiens plus ; que voulez-vous de moi?

DAIMAR.

De cet engagement que vous suiviez la loi.

LE VICOMTE (après avoir lu).

Renoncer, par écrit, à la main de Marie ?
Cette condition est une barbarie !

DAIMAR.

Non, Monsieur, c'est un droit puisé dans la noirceur
D'un acte criminel, évident déshonneur,
Qui vous livre vivant aux mains d'un adversaire.
J'aurais vu, de sang-froid, dénouer cette affaire,
S'il m'eût été prouvé que Marie D'Ormon
Ne compromettait point son bonheur et son nom :
Mais avec vous, Monsieur, c'eut été l'évidence.

LE VICOMTE.

Enfin , Monsieur Daimar, quelle est votre exigence ?

DAIMAR.

Qu'on signe cet écrit, ou bien les tribunaux
Seraient bientôt saisis de vos crimes de faux.
La justice par vous pouvant être trompée,
C'est un duel à mort qu'exige mon épée.

LE VICOMTE.

Mais avant de signer.....

DAIMAR.

                            Je veux être obéi.
Signez, signez, Monsieur ; après, sortez d'ici.

LE VICOMTE.

C'est un abus cruel de la terrible impasse.....

DAIMAR.

Vous hésitez encor? qu'on me regarde en face!...

LE VICOMTE (après avoir signé).

J'ai subi votre loi.

DAIMAR.

Ce fait vous a sauvé,
Et le secret sera, de tout point, conservé :
Nos rapports extérieurs n'ont plus leur raison d'être;
Votre abnégation je saurai reconnaître.
Cet écrit, que je garde, à coup sûr, vous vaudra
Des services nombreux que nul ne connaîtra.
Mon âme généreuse éprouve le supplice
De la compassion mise à votre service :
Je vous plains; laissez-moi.

LE VICOMTE.

Arbitre de mon sort,
Si vous me dénoncez, je me donne la mort.

DAIMAR.

Soyez sans nulle crainte, et qu'un passé coupable
Rende, par le remors, l'avenir honorable.

LE VICOMTE.

Adieu donc pour toujours!

SCÈNE VIII.

DAIMAR.

Oui, j'ai le cœur navré,
Que dans dans tous ses méfaits il se soit enferré.
Peut-être des Forès n'a-t-il point l'âme vile,
Et devait échapper à cette mort civile ?
Mais le sort de Marie a tout précipité :
Pour ce grand intérêt je n'ai point hésité.
Quant à Monsieur D'Ormon, j'ai la ferme assurance
Que des faits du Vicomte il a la confidence,
Puisque Crescendini, secrètement mandé,
De cette conjoncture a tout élucidé.

SCÈNE IX.

DAIMAR, LE BARON.

DAIMAR.

Vous paraissez chagrin ?

LE BARON.

Je ne puis m'en défendre :
Il est certains partis difficiles à prendre ;
On renonce à regret, quoique désanchanté,
Aux charmes d'un bonheur dont on s'était flatté.

DAIMAR (à part).

A merveille, il sait tout.

LE BARON.

Cependant il faut croire,
Que, bientôt, de ceci, je perdrai la mémoire.

SCÈNE X.

DAIMAR, LE BARON, LISETTE.

LISETTE.

Un Monsieur tout pareil, par son costume noir,
Au corbeau que Lafleur eut le malheur de voir,
Dit que Monsieur Daimar, par un mot de sa bouche,
Peut finir d'un ami le procès un peu louche :
Rien que pour un instant, il veut l'entretenir.

DAIMAR (à part).

Allons, mon ex-Vicomte, il te faut secourir.

(haut)

Mon cher Monsieur D'Ormon, souffrez que je me
Auprès du visiteur.   (rende

LISETTE.

                      Mais avant, je demande
A remercier, Monsieur, pour avoir accepté
Du converti Lafleur la domesticité.

LE BARON.

Entre vous, mes amis, la paix est donc signée?

DAIMAR.

Elle peut devenir une chose assurée.
Je cours au rendez-vous.

SCÈNE XI.

LE BARON.

Ce soir, sans plus tarder,
Du choix d'un prétendant, il me faut assurer.
A mon âge, sans cesse, on a l'âme chagrine,
De risquer l'abandon d'une fille orpheline ;
Cette chance effrayante a troublé mon bonheur ;
Je veux m'en délivrer.

SCÈNE XII.

LE BARON, MARIE, DAIMAR, CRESCENDINI,
LISETTF, LAFLEUR.

DAIMAR.

J'ai vu le visiteur.
Lisette, avec raison, se vit fort effrayée
Du costume assombri d'une telle livrée.
A de tristes débats j'ai mis le temps d'arrêt.

LE BARON.

Je comprends, cher Daimar, et vous avez bien fait.

Le fat et ses travers, il faut que l'on oublie.
J'aborde un grand sujet dont mon âme est ravie.
Par mes façons d'agir je vais vous étonner,
Et des sentiers battus je prétends m'écarter.
Or, la publicité, en fait de mariage,
Ayant conquis le rang d'un véritable adage,
Je veux, devant vous tous, en si bonne occasion,
Mener, presque à la fin, une grande question.
Chère fille, ta main m'a été demandée,
Par ceux qu'on nomme ici la jeunesse dorée :
Ces partis sont nombreux ; il faut te prononcer ;
Le vouloir paternel a cessé d'exister.

MARIE.

Heureuse d'obéir aux volontés d'un père,
A des devoirs si doux je ne puis me soustraire.

LE BARON.

Je suis certes ravi de cette soumission,
Mais j'exige de toi liberté d'action.
De tous les prétendants la liste t'est connue,
Et vais publiquement commencer la revue.
On pourra bien trouver le procédé puéril,
Pour la forme empruntée à notre état civil ;
Il m'importe fort peu : je fais du provisoire,
En attendant le tour des hommes du grimoire.
Monsieur Daimar, ma fille, a demandé ta main.

DAIMAR.

J'affirme avec bonheur que rien n'est plus certain :
Pour l'obtenir, Monsieur, je donnerais ma vie.

LE BARON.

Ce langage me plaît : explique-toi Marie.

MARIE.

Mon père doit juger de tout mon embarras.

LE BARON.

Tu trouves trop de monde ; on te gêne, n'est-ce pas ?
Alors par un biais je vais prendre l'affaire,
En réservant le droit appartenant au Maire.
Par une pantomime on peut tout expliquer ;
Ma fille aura parlé, sans rien articuler.
Je demande à Daimar s'il veut tendre à Marie,
La main qui doit signer l'acte de la Mairie ?

DAIMAR.

A genoux, la voilà !

LE BARON.

                Ma fille aurait dit oui,
Laissant tomber la sienne... Elle peut aujourd'hui...
N'hésite plus, ma fille, un père t'en supplie,
Il y va, crois-le bien, du bonheur de sa vie.

LISETTE.

Si de l'ange D'Ormon je trahis le secret,
Je suis sûre d'agir dans son seul intérêt.
Oui, pour Monsieur Daimar, ma maîtresse Marie
Ma souvent avoué sa tendre sympathie.

MARIE (Elle laisse tomber sa main dans celle de Daimar.

J'obéis à mon père, à Daimar, à mon cœur !....

DAIMAR.

Oh ! merci ! j'ai trouvé le comble du bonheur !

LE BARON.

Venez, mes chers enfants, embrasser votre père,
Avant la permission de Monsieur notre Maire.
Nous allons, sur le champ, tout régulariser.

DAIMAR.

Ah ! ces délais maudits, que ne puis-je abréger !...

CRESCENDINI.

A toute la famille, un maître de musique,
Offre son compliment tout-à-fait sympathique.

LISETTE.

De ce bon musicien, je suis le mouvement.

LAFLEUR.

De Lisette toujours on suit le sentiment.

DAIMAR.

Pour bien inaugurer mon futur mariage,
D'une rente annuelle on verra ce partage :
Notre cher professeur aura deux mille francs ;
Et une somme égale, on verra tous les ans,
Du ménage Lafleur augmenter l'importance.

CRESCENDINI.

Merci pour ce bienfait qui me met dans l'aisance.

LISETTE.

Grâce à Monsieur Daimar, Lisette avec Lafleur,

De leur côté pourront aspirer au bonheur.

LAFLEUR.

D'avoir de pareils dons, j'ai si peu l'habitude,
Que j'exprime très mal ma vive gratitude.

LISETTE.

Lafleur est bon garçon, mais il est dans le cas
D'épuiser, à lui seul, les produits de Moka.
En fait de sentiment, il faut qu'il me permette,
De dire, en cet endroit, qu'il est tant soit peu bête.

LAFLEUR.

Pour ses menus plaisirs, Lisette, assurément,
Inventa, tout exprès, ce joli compliment.
J'aurai pour m'en venger, un contrat métallique,
Qui me consolera de son esprit caustique.

LE BARON.

Du train où nous allons, il paraît démontré,
Que la hausse atteindra jusqu'au papier timbré.

CRESCENDINI.

En mariant sa fille avec de la noblesse,
Le bon Monsieur D'Ormon eut été dans l'ivresse ?

LE BARON.

Autrefois, c'est possible ; à présent, ma foi, non.

DAIMAR.

J'allie la fortune avec un noble nom.
J'ai pu publiquement, sans craindre aucun mécompte,

Me parer, en tout temps, de mon titre de comte.
Voilà, légalement, une filiation,
Excluant, par le droit, tout fait d'usurpation.
Pendant que j'ai suivi le monde des affaires,
J'ai dû me conformer aux mœurs de mes confrères.
Ils créditent fort bas tous les hommes titrés,
N'admettant que, pour l'or, les inégalités.
Il est pourtant fâcheux, qu'il soit presque de mode,
De croire que l'argent n'est gagné que par fraude ;
Non, car tout commerçant, malgré l'habileté,
N'acquiert un grand avoir que par la probité.
Je possède, aujourd'hui, cent mille francs de rente,
Consacrés au bonheur d'une femme charmante.
Lorsqu'à l'État civil nous aurons fait sa part,
Votre fille sera la Comtesse Daimar :
Examinez mes titres.

LE BARON.

En effet, j'y découvre
Un comte de Daimar, sous-gouverneur du Louvre.
Cet ennoblissement signé du nom d'Henry,
Enregistre un haut fait à l'affaire d'Ivry.
Une telle noblesse est, ma foi, fort ancienne,
Et remonte, à coup sûr, bien plus haut que la mienne.
Tous mes vœux sont comblés. Maintenant, mes amis,
Songeons à notre thé, tant soit peu compromis.
Mais en la prévision du futur mariage,
Quelques pâtés truffés paraîtront en ménage :
Après quoi, promptement, il nous faudra songer,

Aux-formes de la loi qu'on ne saurait changer.
Les clauses de la dot seront aussi réglées.

DAIMAR.

Ces clauses-là, Monsieur, sont d'avance acceptées.
Mon projet d'union est tout de sentiment,
Et ne peut s'appeler mariage d'argent.

LE BARON.

De nouveau, mes enfants, embrassez votre père,
En attendant le droit proclamé par le Maire.
Quant aux aristocrates, ce problème social,
Se résout, en deux mots, par un point doctrinal :
C'est le droit protecteur pour les vrais titulaires,
Et la chasse donnée aux vaniteux faussaires.

FIN.

NÉRAC
IMPRIMERIE DE J. BOUCHET.

9 782019 974237